自然との、自分との

仲寒蟬句集『全山落葉

櫂 未知子

寒蟬の第一句集は『海市郵便』、このタイトルはうつつと夢の境にあるような印象を与えた。また、第二句集の『巨石文明』は、かつてたしかにあったのだけれど、今では人々の心の中で再びよみがえらせるしかないものを書名に宿していた（この句集の持つ国家や文明に対する毒がなぜか評価され、芸術選奨新人賞を得たのは、いまもって謎である。「国家」はこの句集をちゃんと読んだのだろうか）。

前の二冊の句集に比べ、『全山落葉』はタイトルの成り立ちからして、かなり印象が異なる。現実から三センチ浮いていた『海市』、壮大なる『巨石』に対し、かつてたしかにあった鎌倉という時代に、著者は現代にあって思いを馳せる。それまでの作者が心を自由に遊ばせていた時代から、人生の晩秋へさしかかったという感慨が、この書名を無意識に選ばせたのではないかという気さえしてくる。そう、第一・第二句集の頃の、作品の上では遊び、実生活では変わらず医師としての仕事を全うしていた時期を過ぎ、第三句集では堂々たる自然との、自分との対峙を得た。

むささびや夜のどこかにひらく火山

筆者が最も好きな一句である。カンちゃんはたぶん納得しないだろう。ただ、一緒に歩んできた紆余曲折の二十数年を振り返る時、きっといつかこの「火山」に納得してくれるはずだ。

ISBN 978-4-7814-1566-6

仲寒蟬句集

全山落葉

ふらんす堂

全山落葉・目次

句集

全山落葉

第一章　モンゴル

つくづくと吾は猫舌七草粥　２０１３

当局の者とおぼしき黒外套

切株のまだ新しき寒施行

海底に沈む神殿月日貝

啓蟄や列車の継ぎ目やはらかく

税関の海側の軒燕来る

三鬼忌の臍をはなれぬ臍のごま

手拭ひを絞れば棒や万愚節

片われは龍宮にあり桜貝

誘蛾灯有害図書を売る店に

人よりも靴の混み合ふ登山小屋

蜜豆や大の男といふ括り

助走から記録の予感夏の雲

白夜はじまる二曲目のアンコール

みづうみは薄目あけたりほととぎす

緑蔭の献血車から白き足

肉食ひしやつらの元気雲の峰

自転車の立ちこぎ火山から涼風

加賀能登吟行　三句

子供キリコ傾ぐぞ鉦を強う打て

祭いま角を海へと曲がりけり

がまの穂と答ふがまの穂かと問はれ

気仙沼　二句

陸にある船の下よりきりぎりす

色なき風まだ色のなき町わたる

父　五句

野分雲飛ばされさうに来るは父

かの庭の枯れきる前に父訪はむ

かつてダンディー枯れ放題に父の髭

父訪へば母のよろこぶ花八つ手

父のする変な体操小六月

関東平野秋空が載つてゐる

壁暖炉国を買はされさうになる

翔びたちさうな立春の旅鞄　２０１４

校庭に巨大×《ばってん》卒業す

日本語に聞こえアラブ語あたたかし

先生の元気な寝癖若葉雨

モンゴルの草原に似てパンの黴

炎昼や壁に塗り込められし門

集合と離反芒種の水たまり

万緑を裁ち垂直の一枚岩

コロッケのにほひの市場夜の蟬

向日葵はおのが後ろの闇知らず

対岸の灯のふえてゆく川床料理

くたびれてただ曳かれゆく鵜の眼

手縄繰る鵜匠の腕の太からず

鵜飼果て両岸の灯の残りたる

噴水の昼を押しとどめてゐたり

吹抜の広き間取り図星祭

朝顔育て宇宙飛行士志望

錠剤の喉にはりつく敗戦日

なんとなく癌によささう茸汁

名月やラップでくるむ食べ残し

本の帯みんな外されそぞろ寒

村よりも明るきバスや虫時雨

鉄博吟行　二句

法廷のごとき秋冷汽車に貨車

網棚に不躾な冬載つてゐる

木枯や千年ねむるふりの石

白鳥の頸まつすぐにすれば死ぬ

太陽の子供のごとく風呂に柚子

どちらもペンギン新旧のカレンダー

初詣山師と呼ばれたる叔父と

国と国島と島にもひめ始

2015

売りに出す本読みふける雪の夜

飛行機の重さうな胴春眠し

箱逆さまにして叩き出す余寒

玻璃壺に使はれぬ毒鳥帰る

南大門からぞろぞろと春日傘

白魚や死ぬとは濁ることにして

国家からすこし離れて葱坊主

踏みにじる菫は戦車から見えず

武器庫へと鍵をさし込む青葉闇

冷奴とことん酔へぬ人とゐる

蠅叩王のごとくに壁中央

海峡の向かうも日本花うつぎ

名を付けてすぐに忘れて熱帯魚

悼　澤田和弥

親指のやうな字雲の峰に書けよ

五月雨のひとすぢごとに街明り
水張れば夜な夜な泣くといふプール

御先祖の愚行いろいろ百日紅

峰雲の中に峰ある昏さかな

八月といふ大いなる傘の中
あの闇の中心きつと虫の王

無花果や楼蘭国に湖のにほひ

路線図の隅つこにある秋岬

樹によつて違ふ風音黄落期

秋高し身の丈といふ貧しきもの

この国の要所要所に葱畑

焚火見る瞳の向かうにも焚火

仕舞湯ににんげんの垢神の留守

口よりも奥が広くて冬館

紙飛行機落ちたる地点からの枯

備忘録ゆたんぽ買ふと書かれたる

第二章

ベルリン

よく通る声に生まれて冬青空　２０１６

人日や洗へど消えぬ銭のにほひ

もうあんなところ幼きスケーター

妙に明るく死も春眠のやうならば

どこにでもゐる小林と野焼見に

うららかやあくびのごとく人吐く駅

陽炎の地下鷗外のデスマスク
藁抜きし目刺に自由戻らざる

浅蜊飯カラヤン嫌ひ押し通す

山脈を見渡せる日の田螺かな

日本に醤油ありけり冷奴

ここにゐるのは課長級の兜虫

水中り世界が終りさうな顔

苦手なり水着売場の明るさが

帝国の亡霊がほら草いきれ
真下から見えず国家も峰雲も

上空に無駄な雲ある炎暑かな

神々の箱庭として合掌村

老鶯の仰せいちいちごもつとも
みづうみの奥に入り江や夕かなかな

猫じゃらしの先に迷惑さうな猫

世界史に悪妻多し曼珠沙華

野分雲神の垂れ目がのぞきけり

美ヶ原　五句

標高二千メートルにして残る虫

草食む牛時には草の花も食む

吾亦紅の上には空のほかあらず

夕暮のランプに霧のおよびけり

谷深し霧に満たされをればなほ

無言館

描きかけの絵に満天の星飛べよ

寄鍋に決定的な一人欠く

大船観音

みほとけの胸より下は冬の山

焼藷を割れば少年雑誌の色

獅子舞にヒップホップの癖すこし

恋の意味知らぬ強さや歌留多取り

2017

駅長の指さしてゐる方から春

還暦の蛤なれば国を吐く

雁風呂や水平線が湯の高さ

長閑とは駐在さんといふ響き

この町に暗室いくつつばくらめ

虹の会鎌倉吟行　三句

やはり鳴いたか鎌倉の夏鶯

永福寺跡薫風の行き止まり

土牢の門の錆新樹光

百足よりも叫びし顔のおそろしき

飛魚が魚をやめてゐる時間

麦藁帽振つてゐるのが校長とか
どの水も人を欲して桜桃忌

みなみかぜ吹く頃いつも来る人よ
見るほどの裸ならねど見てしまふ

恐龍の夢見るためのハンモック

吸殻のへの字一の字明易き

ずぶ濡れで祭の準備してゐたり

ひぐらしや水占の字の浮き来たる

芒原風も途方に暮れてをり

ペリカンの嘴のだぶつき秋暑し

八月や吐くほど食うてゐる国の

父へ秋風小さき母の肩を借り

胡桃食むわれら縄文人の裔

ひかがみを吹かれて処暑の橋の上

稲びかり猫の喧嘩に割つて入る

喋りつつ眠つてしまふ父夜長

冬あたたか墓の話を父として

山廬吟行　三句

芋茎干しゐたり山廬を守りゐたり

山の名を確かめてゐる冬日和

連山初冬蛇笏もここに立たれけり

明倫さん弔句

雪晴の空知の土へ還るべし

討入の日のトウシューズ買ふ男

２０１８

雪原を鯨のくぐりゆく気配

病むことが父の日常七種粥

成人の日のスリッパのすぐ脱げる

龍天に登る理髪店のくるくる

脱毛の広告ばかり鳥交る

金子兜太追悼

臍出して立小便を春空から

花守のいつも何かに怒つてゐる

埋蔵金永遠に隠して花の山

山独活の白さ夜明の空ほどの

詩集より句集明るし桐の花

立てばすぐ谷底見えて簟

ほんものの月を掲げて夏芝居

核弾頭ほどの筍いただきぬ

相談もなく特大の金魚鉢

山羊の乳張り夏雲がぽつんぽつん

ただ風に吹かるるための夏帽子

睥睨のパチンコ店が青田中

紙魚になりたし幾万の書をめぐり

大型テレビ動かすことも盆支度

真つ直ぐに来し台風と渋谷で会ふ

貼り紙の必死の顔が野分中
こほろぎのあたま哲学詰まりたる

秋灯や母ゐてこその父の家

長き夜の父の寝息をたしかむる

ベルリン　四句

地虫鳴くホロコーストの記念碑に

秋日浴びいつもの顔のバッハの像

秋時雨カフェを出てまたカフェに入る

いちまいの絵にたどり着く秋の果

飲食の音の罪めく後の月

おでん種不眠の妻の煮てくれし

枯野に開く老医師の黒鞄

風呂吹に透けて昭和の町明り

集めても町にはならず冬灯し

銀河より吊り下げられて凍豆腐

第三章　ローマ

読初に地球四十億年史
2019

死して出ることも退院寒月光

ほら薔薇と言はれなるほど冬薔薇

地を這ふや野火迎へ撃つための野火

戦争は静かに来るぞ木の芽雨

たんぽぽをたどればローマまで行ける

病人の窓鳥の巣の真向かひに

独活の香や父のわがまま母にだけ

八十八夜語り合ふ鋤と鍬

死にさうで死なぬ金魚へ水を足す

そんな人簡単服で会ふほどの

父を看取る　八句

父の口美味いと動く冷奴

父でなく老人五月闇の底

もう外へ出られぬ父の登山帽

臨終の父また鱧を食ひたしと

ありがたうが最期の言葉新樹光

くぼみたる父の眼窩へ夏の月

骨なんともろき音立て若葉風

白靴の似合ひさうなる遺影の父

大牧広先生お別れの会

師と呼べる人もうなくて走り梅雨

黒南風の沖より弾のごとく鳥

志摩吟行　五句

別宮といふ閑かさの梅雨の森

夏潮に乗つてはるばる海月の死

坂道を手車押して鮑海女

潮騒に祭の音のまぎれこむ

海女にして人の祖母なり花海桐

鳴くときは鳴く戦争を知らぬ蟬

原発を原爆と書く残暑の稿

廃船を返せば屋根や渡り鳥

腰で押す夜長のドアの重さかな

樹木葬ならどんぐりになれるかも

軍艦島　二句

子ら消えし校舎を秋日つらぬきぬ

島去りし人の数だけ草の花

きざはしを教会へ否秋天へ

身にしみて停電の夜の風の音

あなどれぬ老人の数菊花展

木枯に顔を置き忘れて来たり

透明になれぬうみどり冬青空

黒板のゆるき湾曲冬に入る

焼藷に並ばぬことを美学とす

「牧」三崎吟行　五句

つぎつぎと海峡に船神渡し

四五人が空を仰ぎて冬あたたか

他にすることはないのか冬の波

大鮪不敵の面を食つてやる

富士浮いてをり日本といふ枯野

七草も絶滅危惧種かもしれず

2020

どの扉開けてもそこが春の牧

「牧」創刊

決壊の土手を望みて土筆摘

白魚の透明水の半透明

難民の船追ひ越してつばくらめ

ちよつと貸してと亡き父の春セーター

自粛てふ言葉が嫌ひチューリップ

子の声に牛が応へて牧開

花曇とは文房具屋のにほひ

仕舞湯に追ひ焚きをして別れ霜

ことごとく神石くれも夏草も

いつ影と入れ替りしや夏の蝶

氷室出でうつつの声を上げにけり

弱さうな二匹おまけに金魚売

照らしたきものだけ照らし夜店の灯

鯉幟降ろせば太陽のにほひ

薔薇園へ行く道々も薔薇さかん

兄さんと呼ばれて鱧を買ふ羽目に

日向水むかしはみんな貧乏で

夏座敷遺影にしては嬉しさう

螢火や水音のして水見えず

新型コロナウイルスによるパンデミック

炎昼をみなマスクしてみな無言

わが去りし席が消毒され西日

ハンカチは噛むものピカソ「泣く女」

この茂り戦車隠してゐはせぬか

電球を買ひに走るや夏芝居

たちまち霧たちまち夕日射して牧

逃げて来て稲妻の尾を戸にはさむ

アマゾンの焼畑地球への送り火

ヴィーナスの誕生水より新豆腐

星々と語らふための花野かな

鈴虫や店の奥から非売品

豊年や競歩の尻の動く動く

大和吟行　四句

鰯雲もうすぐ大和もう大和

陽石を並べあつけらかんと秋

香具山へ道うねうねと曼珠沙華

秋高し時代のちがふ二基の塔

菊を作るな好々爺にはなるな

鮟鱇の中では比較的美男

この辺り厠の遺構枯むぐら

鯛焼の二つはさびし三つ買ふ

国に似てこの霜枯のどこまでも

野沢吟行　二句

雲梯の冷たさを言ふ兄おとと

裸木の立ち向かひたる大浅間

さうあれは春の風邪から始まつた

第四章

マチュピチュ

２０２１

凍滝の芯に月まで行く梯子

スタンディングオベーション懐炉が尻に移りけり

整列を土筆に教へても無意味

春昼を食つてこんなに大きな犀

春灯やむつくり起きし斬られ役

蠅生まる幻想交響曲の鐘

草を編むネアンデルタール人の春愁

花を見ぬ一団のあり花の山

被災地は泥あるところつばくらめ

十哲のひとりは楤の芽を採りに

新海三社吟行　三句

田水張り山をなだめてゐたりけり

相輪を幾たび巻いて夏つばめ

かへり見るたび新緑の中へ塔

夕焼の真下の国に棲めぬものか

龍が尾をひねる要領水を打つ

万緑の真中クリムトの「接吻」

西部劇みな好きだつた夕焼空

立泳ぎ地球の速さにて進む

手花火を囲みて秘密結社めく

白桃を賄賂のごとく手渡さる

箸先に湯葉たよりなき今朝の秋

赤線へ行くぞと生身魂の連呼

逸文の多き風土記や稲の花

遠からず人間になる鶏頭花

梨食ひし口に言はれたくはあらず
少年に少女まぶしき草の花

夜間飛行蓑虫だけが見てをりぬ

天狗茸ボルジアならばどう使ふ

田仕舞の煙のにほひさせ教師

刑事コロンボ一度もコート脱がず

寺町をよぎり花町へと時雨

小春日の切株ここへ座れとぞ

炬燵てふ言葉猫語にきつとある
梟に主権を渡してはならぬ

ストーブの部屋に温暖化の議論

これしきの石に割かれて冬の川

落葉へと突つ込む位置に滑り台

焚火の輪家で話せぬこと話す

その奥に手術長引く冬灯し
榾火のけしきソドムともゴモラとも

雪しづりゆく銅像の後頭部

死ぬはずのなき母病めり虎落笛

冬至湯や地球も浮かぶもののうち

聖夜劇天使の羽にガムテープ

持ち上げて家の重さの鏡餅

初夢の父は生前よりやさし

2022

落ちてどこかへ成人の日の画鋲

凍天や市電の曲がるとき火花

註解に註解のつく戻り寒

教室と峠つながる木の芽風

くたびれて尻に敷きたき春満月

料峭や針落つる音仏間より

雛市のその一角のまだ暮れず

望潮ハワイ年々近づき来

貝寄風やけふあたり着く遣隋使

地下壕《ウクライナ》へ少女スケート靴持つて

碩学の朝の日課や目刺焼く

永き日の母と何でもない会話

南家より北家へ蕨とどけらる

春惜しむには大量の水が要る

虚子の忌の味噌汁に振る鰹節

藤房を揺らさずに来るあれは死者

花水木父の形見の入れ歯容れ

灯台はいつも真はだか南風

青葉冷医師が患者となりたる日

箱庭に三十五年後の自分

青田風入れて始まる四時限目

新樹光集ふ鏃の切つ先に

マチュピチュへ行きたしダリア大輪に

蛸壺を出てより蛸の速きこと

三人のひとりアオザイ桐の花

頭陀袋のやうな身体を炎昼へ

戦争と聞こえ溽暑の浅草寺

エスコートとは片蔭を譲ること

額の字を誰もが読めぬ敗戦日

また叔父の手品はじまる盆の家

瓢箪にくびれ作りし神を信ず

この先を花野と信じ流浪の民

原発の火をかたどりて鶏頭花

コンビニへ敵の集まる無月かな

草の花ジャングルジムを王宮に

鯊釣に近寄つてゆく工作員

廃業と決まりし店の夜なべの灯

一羽鳴き二三羽ならふ鶉かな

隣国を侵して何の豊の秋

十津川・高野山　四句

天高し十津川の峡せまくして

果無といふ名の村や小鳥来る

霧を産む神代杉の巨き洞

山上にいきなり伽藍秋ぞ澄む

蘂といふ字をそのままに曼珠沙華

燕みな帰り旧街道しづか

全山落葉鎌倉といふ時代

霜の往診　三句

臨終の家へと枯葉踏む他なし

手を差し入れて底冷の終の床

掘炬燵にて書く死亡診断書

海を見に来いと友より蜜柑箱

里神楽終へたる神楽殿へ月

鯨みな戦争のこと知つてをり

むささびや夜のどこかにひらく火山

寒林といふ広大な座敷牢

あとがき

『全山落葉』は私の第3句集である。『巨石文明』以後10年間の俳句約4万句の中から380句を選んだ。

句集名は「平」の吟行で訪れた信州の鎌倉、別所温泉で詠んだ

全山落葉鎌倉といふ時代

から取った。その頃大河ドラマ『鎌倉殿の13人』が放映されていた。

俳句を始めた時はまだ30歳台だったがいつのまにか定年退職の年となってしまった。この間、父が亡くなり俳句の師であった大牧広先生が亡くなった。二人の死の翌年から新型コロナ感染症によるパンデミックが世を覆い、自分も含めた社会的、文化的活動が停滞した。それでも立ち止まる訳にはいかず「牧」

と「平」二つの俳誌を立ち上げて活動してきた。生きる支えとしての俳句の有難さ、人間社会に対する批判精神としての俳句の役割をあらためて実感する毎日であった。

ポスト・コロナがどういう時代になってゆくのか、俳句はどう変わってゆくのか、現時点ではよく分からない。ウクライナ侵攻という信じられない暴挙が国際社会の不確実性を浮き彫りにしたが、温暖化やエネルギー問題もそれと無関係ではない。いっそ全山落葉してゼロから再出発した方がいいのかもしれない。

最後になりましたが、いつも優しくかつ厳しく見守り今回も句集の栞をお書きいただいた櫂未知子さん、ふらんす堂の山岡喜美子さん、「牧」「平」「群青」、FBの俳人仲間に感謝します。

2023年4月　蜻蜓庵にて

仲　寒蟬

著者略歴

仲　寒蟬（なか・かんせん）

1983年　信州大学医学部卒業。
1996年　「港」俳句会に入会、大牧広に師事。
2004年　第１句集『海市郵便』により山室静佐久文化賞受賞。
2005年　第50回角川俳句賞受賞。
2014年　第２句集『巨石文明』により第65回芸術選奨文部科学大臣新人賞受賞。
2019年　「港」終刊。『大牧広全句集』の解題を担当。
2020年　「牧」「平（ふらつと）」創刊代表。
2023年　佐久市立国保浅間総合病院退職。

現在「牧」「平」代表、「群青」同人。

現代俳句協会・俳人協会会員。

句集　全山落葉　ぜんざんらくよう

二〇二三年七月二〇日　初版発行

著　者――仲　寒蟬

発行人――山岡喜美子

発行所――ふらんす堂

〒182-0002 東京都調布市仙川町一―一五―三八―二F

電　話――〇三（三三二六）九〇六一　FAX〇三（三三二六）六九一九

ホームページ http://furansudo.com/ E-mail info@furansudo.com

振　替――〇〇一七〇―一―一八四一七三

装　丁――君嶋真理子

印刷所――日本ハイコム㈱

製本所――㈱松　岳　社

定　価――本体二八〇〇円＋税

ISBN978-4-7814-1566-6 C0092 ¥2800E